TRÊN MAWR GLAS

**I Peter,
Theo, Maya, Faith, Lois,
Alfie, Hattie a Phoebe — J.J.**

I Tómas — A.R.

Cyhoeddwyd gyntaf yn 2007 gan Orchard Books,
338 Euston Road, Llundain NW1 3BH
dan y teitl *Big Blue Train*

Cyhoeddwyd gyntaf yn Gymraeg yn 2007 gan Wasg Gomer,
Llandysul, Ceredigion SA44 4SJ
www.gomer.co.uk

Ail argraffwyd yn 2010

ⓗ testun: Julia Jarman, 2007 ©
ⓗ lluniau: Adrian Reynolds, 2007 ©
ⓗ testun Cymraeg: Sioned Lleinau, 2007 ©

Mae Julia Jarman ac Adrian Reynolds wedi datgan eu hawl dan
Ddeddf Hawlfraint, Dyluniadau a Phatentau 1988
i gael eu cydnabod fel awdur ac arlunydd y llyfr hwn.

ISBN 978 1 84323 884 3

Dymuna'r cyhoeddwyr gydnabod cymorth adrannau Cyngor Llyfrau Cymru.

Argraffwyd yn China

JULIA JARMAN AC ADRIAN REYNOLDS
TRÊN MAWR GLAS

Gomer

Cadi a Cai yn y trên mawr glas —
Hwff Pwff, a hwff a pwff!

'Chwytha'r chwiban, Cadi!'

'Cydia'n dynn, Cai!'

Allan o'r stesion a'r stêm yn codi
Hwff Pwff! Clicyti-clac!

Pwy sy'n aros wrth
y trac?

'Helô, blant! Am sbort a sbri —
Rhaid cyrraedd y parti pen-blwydd erbyn tri!'
'Wel dere, Pws, paid oedi nawr —
Fe awn ar ras i'r parti mawr!'

Cam a naid a chodi stêm!

Pws sy'n ddiogel ar y trên!

Pws, Cadi a Cai ar y trên mawr glas.
Hwffa pwffa, Hwff Pwff!

'Chwytha'r chwiban, Cadi!'

'Cydia'n dynn, Cai!'

Hwff Pwff y trên stêm — bant â ni!
I Begwn y Gogledd am ychydig o sbri!

Ond pwy sy'n gwneud sŵn crensian yn yr eira?

'Helô, blant bach! Oes lle i mi?
Rwy'n mynd i barti pen-blwydd erbyn tri.'
'Un llam a naid — yn sydyn nawr,
Yn gwmni i Cath; Arth eistedda i lawr!'

Pwysau trwm yn y cefn. Gwreichion yn tasgu!

Codi mae'r stêm i'r awyr fry!

'Helô, blant! Oes lle i fi?
Rwy'n mynd i barti — ga i ddod gyda chi?'
'Wrth gwrs, Llewpart bach, ond dere'n glou —
Mae'r injan yn chwyrnu a'r olwynion yn troi!'

I mewn â Llewpart — a dau fwnci syn!

'Gwasgwch i mewn! Mae'r lle braidd yn dynn!'

Llewpart, Arth, Cath, Cadi a Cai,
A'r ddau fwnci'n reit hapus
wrth fynd ar eu siwrnai!
Hwffa pwffa, Hwff Pwff!
Hwffa pwffa tshwff-tshwff.

Mwg yn casglu!
Gwreichion yn tasgu!

Stêm yn dawnsio
Ac yna'n codi!

. . . iâr fach glwc!'
'Helô, blant! Gaiff y cywion a fi
Ddod i'r parti gyda chi?'
'Dim problem, Clwc. Symudwch draw nawr!
Ond NID ti, yr hen Fuwch Fawr!'

Ond i fyny â'r fuwch . . .

heb edrych rownd!

Dyma gyrraedd yr anialwch . . .

cyn . . . mynd yn **SOWND!**

Daeth Camel o rywle. 'O diar mi!
Sori Camel bach, does dim lle i ti!'

Ond dyma'r camel yn sboncio,
Yn neidio a gwthio
A Hwff Pwff y trên stêm
yn dechrau . . .

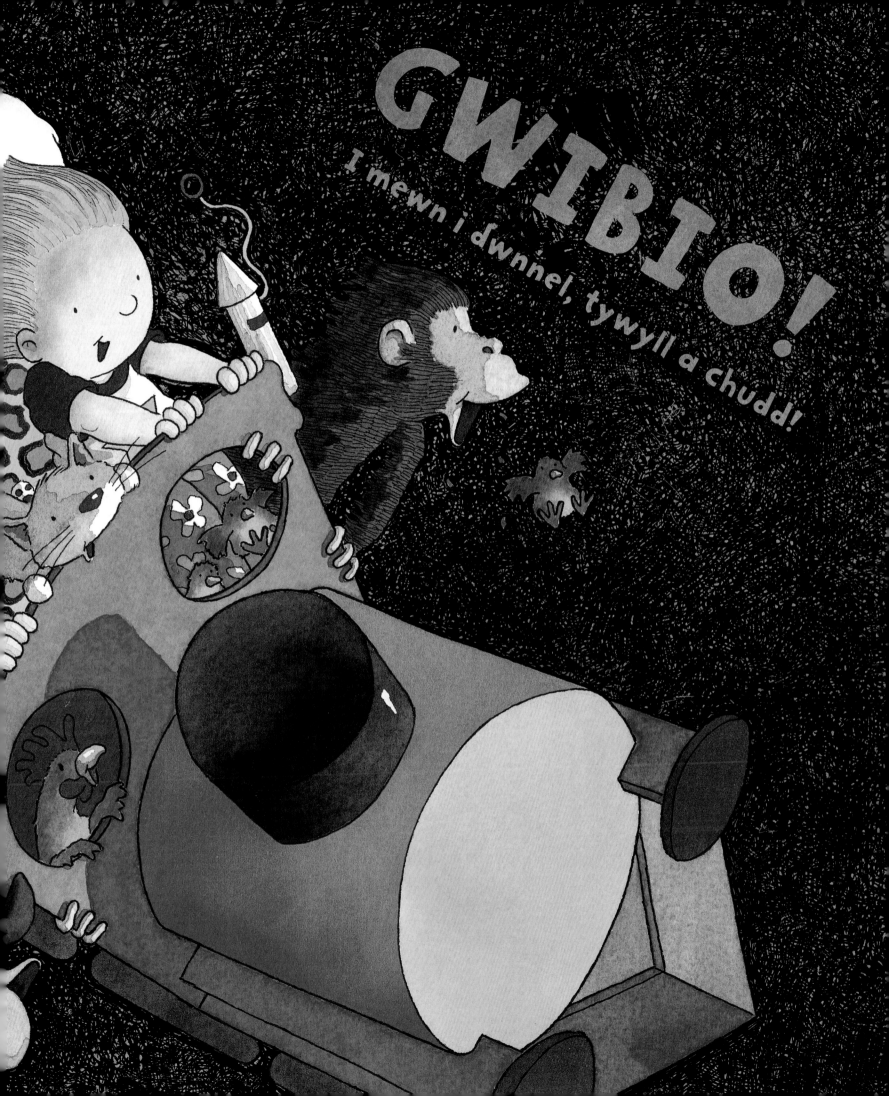

Ac allan mewn eiliad — i olau dydd!

Yna, yn Sydyn, Hwff Pwff ddaeth i STOP!

'Dewch allan, ry'n ni yma!'
meddai pawb yn un côr.

Ond pwy sy'n cael parti
Ar lan y môr?

Wel, ie, Ci Bach,
'Hip-hip-hwrê!
Pen-blwydd hapus i ti!' meddai pawb dros y lle.

'Diolch, ffrindiau. Rwyf i heddiw'n dair oed!
A dyma, heb os, y parti gorau erioed!

Cewch gacen a gêmau
ac ambell falŵn,
Ond am nawr, dewch i chwarae
a chadw sŵn!'

Neidio a sblasio a hwyl lond y lle,

nes i Clwc weiddi, 'Mae'n bryd mynd tua thre!'

Ci Bach sy'n cyfarth, 'O diolch, hwyl fawr!
Dyna drueni fod yn rhaid i chi adael nawr!'

'Pawb ar y trên! A chydiwch yn dynn!
Hwff Pwff, bant â ni,
Byddwn adre ymhen dim!'

Nôl â'r ffrindiau'n eu tro
'Cawn siawns i chwarae rywbryd eto!'

'Chwytha'r chwiban, Cadi!'

'Cydia'n dynn, Cai!'

'Hwff Pwff y trên stêm, adre â ni!'

Dyma gyrraedd y stesion,
A Hwff Pwff sy'n llonydd
Ar ôl yr holl ruthro
Dros fôr a thros fynydd.

A dyma Mam.
'Mae'n amser gwely nawr!'

'Nos da, Hwff Pwff, a diolch yn fawr!'